KB024331

꽃통곡, 엉엉 붉어라

김동호 시조집

꽃통곡, 엉엉 붉어라

달아실 시선
24

달아실

일러두기

1. 본문에서 하단의)는 '단락 공백 기호'로 다음 쪽에서 한 연이 새로 시작한다는 표시이다.
2. 본문의 맞춤법은 시인의 의도에 따른 것임.

시인의 말

그래!
잘 비워 환한 저것,
겨울 나뭇가지.

2020년 2월 산그늘 아래서
只山 김동호

차례

꽃통곡, 엉엉 붉어라

1부

산그늘

창 열어 산을 열고

창 열어 산을 열고 구름 너머 그 너머 본다
한 조각 마음 열면 사는 법 훤히 보일까
귀 익은 일체유심조一切唯心造 창 열어 마음 연다

불씨

재 덮어 묻습니다 재 더 얹어 누릅니다
재를 가만 엽니다 문득 속이 붉습니다
가슴도 재 수북 쌓이고야 거기 불씨 담깁니다

어떤 살림

장맛비 그친 나절 산허리 걸린 구름
갓 씻긴 도라지꽃 새로 긷는 뻐꾸기 울음
저거를 다 들여놔도 빈자리 남는 살림

가을 서정

이 가을 뜬 것들을 죄다 싣고 출렁이는
빛물결 그 부력浮力에 노 없이 배 띄워도
마음이 돛폭을 열어 한바다를 건너겠다

저 언덕 그물을 친 보랏빛 쑥부쟁이
눈길 걷어 올리면 비늘로 떠는 꽃잎
만선한 가을 어부는 귀가 한참 늦겠다

대도大盜

훔쳐도 가슴쯤은 무너질 걸 훔쳐야지
훔쳐도 나라쯤이면 영웅 소리 듣는다지
내사마 달빛이나 훔쳐 억만금도 내칠란다

벚꽃 문답

벚꽃이 하 곱길래 그 사연 물었지요
바로 묻기 뭣하여 눈길로 부쳤더니
하르르 지는 몸짓으로 답 읽으라 합니다

소원

시시한데 간절한
그런 소원이 있다

뉘라도 고즈넉할
큰 느티 한 그루 얻어

그 나무
멋대로 서 있어도 될
땅 한 떼기 되고잡다

봄날

이렇게 쳐들어와서 막무가내로 헤집을라나
속절없이 갈 거면서 산에 들에 꽃 어질라나
떨어진 자죽자죽마다 마음 버려 줏으라고

꽃 바깥에 꽃 있네

꽃을 기르는 건 추한 걸 견디는 것
사는 일 그 역설을 정통으로 깨는 것
꽃 안에 꽃이 있는가 꽃 바깥에 꽃 있네

되치기

한나절 게을러도 산은 아무렇지 않아
뻐꾸기 울어쌌고 계곡 철철 흘러대고
공산空山을 훔치려다가 되레 나만 털렸다

불일암, 겨울 구도

광주를 슬쩍 비껴 조계산 한나절 길
송광사 겨울 길목 불일암 후박나무

이맘때

여쯤 와서 서는

내 안의 너,

이 구도構圖

절집 고양이

작은 절집 마당에 고양이 셋 있는데요
한참 어린 것들 노는 게 이쁩니다
사람도 그 절 고양이처럼 그랬으면 좋겠습니다

가을 빨래

아내 빨래 솜씨를 이길 수 없다 했더니
가을이 빨아 내건 저 하늘 저 산과 들
아내가 졌다고 웃는다 나도 빙긋 웃는다

솔바람소리

솔바람 빚는 소리 독주보다 얼큰한 날
하던 일 죄 밀치고 자작으로 명정酩酊이다
시상에, 이 무슨 소리가 몸에 와서 듣기는가

꽃이 그러하듯

꽃이 핍니다 꽃이 다 집니다
피는 대로 지는 대로 막을 길이 없습니다
두고서 그리워해쌌는 이 마음도 그렇습니다

한계령

1
헉,
헉,
헉,
페달 밟아
한계령을 오른다

거기에 뭔가 있어 그러는 게 아니다
아니다, 아무 것도 없어 그러는 건 더욱 아니다

2
차, 사람 뜸해진 길 물物이며 비물非物이며
옛집 찾아들 듯 귓전 그득 한계 물소리
그 소리 그 물소리 곁에 어우러진 비非인간

3
한계사 남은 절터 부처는 묘연해도

인적 그친 자리에 불성佛性은 그치지 않아
초목草木들 가사袈裟를 입고 용맹정진 하는 중

4

봉峰이건 절벽이건 한눈에 뵈주지 않네
굽이를 틀 때마다 새론 걸 보라시네
넌지시 일러주시네 좋은 거를 보이는 법

5

솔빛이 하늘빛이 靑靑靑 그런 날엔
온몸에 물이 들어 나도 선 채 푸러진다
여기선 물아일체物我一體를 글로 읽지 않느니

6

문득 눈 들었더니 둥근 달 이미 높아
와락 안겨드는 눈물 같은 달빛 달빛

한계령 사방 연봉連峰은 담묵淡墨으로 젖고 젖고

7

중생 같은 눈발이 설악에 뫼이더니
눈썹이 센 동령冬嶺은 노승처럼 틀고 앉아
형형한 눈빛만으로 무설전無說展을 여시다

8

한계를 흐르는 물
저리다
저리게 맑다

이 물빛 이런 것은 깊은 산문에 들어
큰 도량을 거쳤기 때문일 거라
그 전에 세상 온갖 먼지와 때를 만나
물, 자신의 몸을 상하고 버리면서
그러고도 흐르고 흘러 이윽고 바다에 닿아

허물을 벗듯 입은 것들 다 벗어둔 채
하늘로 하늘로 올라 거기서 다시 틀어
만행을 하듯 이 설악에 돌아와
보살행을 하듯 낮게 비걸음 내디뎌
나뭇잎이며 풀섶이며 죄다 쓰다듬으며
바위 이끼에 스미고 흙에 스미어
아래로 아래로만 거듭 구르고 굴러

물빛이 물의 경계를 뚫어버렸기 때문일 거라

주갑이를 아시나요

달빛을 탁본하는 거나 주갑이* 떠올리는 거나
한 대목 억장을 풀어 왼 들판을 적시던 이
마음 둑 아무 때고 허물며 둑 안까지 넘쳐오던

남루로 가렸어도 잘 바랜 속 백포白布 같던
황량荒凉에 운韻을 쳐서 풍정 슬멋 실을 줄 알던
사랑도 기가 찬 사랑 제 멋으로 흔들리던*

영혼의 시장기 달랠 미음 같거나 한
'가장 정이 가는 사람' 작가가 그랬다던
내 안에 바람 이는 날엔 그가 철철 그립다

* 소설 『토지』의 등장인물.
* 기생 기화(아명 봉순이)를 보고 그냥 혼자 맘에 담아 좋아했다.

쑥부쟁이

보랏빛 이명耳鳴이다
쟁 쟁 쟁
너, 너, 너, 너

모롱이 돌 때마다
늘어선 길섶마다

높은 음 환청 울리며 쑥부쟁이 피었다

나무를 보다

나무를 보면 좋다 이 마음 어쩔거나
사람이 나무처럼 좋아도 괜찮겠다
그 누가 나무를 보듯 나를 보면 좋겠다

빈산 계곡

속살이 훤히 비친 물옷을 걸친 나부裸婦
허리 휘청 굽힌 채 둔부를 돌려 앉아
아슬히 허벅지도 보이며 스스럼없는 저 묘체妙體

빈산에 빗발 들어 빗소리 자욱한 날
인적도 다 그치고 물소리 높아지면
남몰래 더듬어 올라 풍덩 빠지고 싶어라

나팔꽃을 그리다

나팔꽃 그리려다 붓 거두고 만 것은
아무리 떠올려도 그 잎 생각나지 않아
인생을 그리는 일도 하나 다를 바 없다

여름산

막 벼린 칼을 갈 듯 소나기 건너는 산
쑥빛 날(刃) 비껴드는 여름 한낮 허연 숫돌
무더위 썩둑 잘려나가는 힘찬 삐침 저 능선

겨울을 장엄하려면 마련 넉넉해야듯
이 고요 깃들이려 숲도 자꾸 칠을 올려
그 봄날 여린 눈썹도 하마 몇 번 젖었을라

저 해 이글거릴수록 풋색 바짝 약오르고
그늘은 얼크러져 속살이 깊더니만
물 무명 두른 계곡이 몸을 활활 벗는다

겨울산

남루襤褸를 걸치고도 떨치고 입은 듯이
빈 골짝 물소리가 잦아들며 높아지듯이
덧 누빈 풍설風雪 한 벌로 안거安居에 든 겨울산

먹빛도 잘 바래면 홑겹 가사袈裟 더 환하다
볕살을 시친 입동立冬 덜 것 다 덜어낸 산
적寂과 막寞 하나로 엮는 산죽밭에 싸락눈

2부

빈
활쏘
기

계영배 戒盈杯

계영배 이야기를 흘려듣고 말았더니
지구가 그 잔이고 사람이 술이었네
넘치지 말아야는데 어찌 자꾸 넘치려고

장자 산목편을 읽다

장자 산목편山木篇을 다시 놓고 읽습니다
흐린 물을 보느라 맑은 연못을 잊다*
지구가 아프답니다 '당랑박선'* 이 뭣고

* 觀於濁水而迷於淸淵(관어탁수이미어청연)
* 당랑박선(螳螂搏蟬) : 매미를 노리는 버마재비, 그 버마재비를 노리는 까치,
  그 까치를 노리는 사람 이야기. 눈앞의 이익에 홀려 지켜야 할 참된 가치를 놓치
  는 어리석음에 대한 경구.

플라스틱 꽃

피었다 지고서야 새봄 오고 꽃 핍니다
플라스틱 꽃들이 지는 걸 못 합니다
지는 걸 놓치다니요 어찌 다시 피려고요

헬스 자전거
― 문명론

자전거 페달을 땀 나도록 밟고 있다
그것도 실내에서 날마다 하고 있다
밟아도 아무리 밟아도 가닿는 곳 없다

가이아* 前上書

하많은 자식 중에 하필 저 인간입니다
믿거라 하고 저를 맏이로 세웠겠지요
　살부모殺父母 무도無道한 길을 이 불초不肖는 내닫습
니다

　성한 곳 없어지고 뼈마디 드러나고
생채기 덧난 자리 곪아 문드러지는데
어머니, 그 몸에 남은 고혈膏血마저 원합니다

　교만에 탐욕을 씌워 골육의 숨통을 죄고
제 눈 제가 찌르는 인총人叢을 차마 거둬
병든 몸 한사코 일으켜 나앉으신 지모신地母神

당신에게서 나서 당신께 돌아갑니다
함께할 남은 날들 꼽아볼수록 짧은지
첨으로 올리는 이 글이 어쩌다가 별사別辭네요

어머니 주검 위에 저도 주검 되거든
태초로 돌아가서 새로 어미 되거든

마세요 다시는 마십시오 저를 자식 마세요

* 가이아 : 그리스 신화에 나오는 대지의 여신. 지구를 생명체로 인식하여 지구
  에 영성적 통찰을 제공한 가이아 생명론의 출발점이 됨.

꽃의 시절

꽃의 시절은 짧다 그래서 꽃으로 핀다
길어서 애틋한 게 어디 있기나 한가
꽃으로 머무는 날이 참말 짧다 참 깊다

비명

칼날에 베이거나 꽃잎에 베이거나
어느 경우이든 비명은 선명하다
간혹은 많은 말 대신 비명을 지르고 싶다

휴전선

올무에 걸린 개를 본 적이 있으시지요

. . . .

철조망, 허리 무지른 그건 다른 건가요?

굴뚝 농성

사람은 집에서 산다 굴뚝은 집이 아니다
굴뚝에 오른 거는 좋아서가 아니다
'우리도 집에서 살고 싶다' 외치려고 오른 거다

신발

멀쩡해 뵈는 운동화 그냥 버려졌는데
그렇거나 말거나 그대로 두면 될 일을
이 무슨 마음이 이런가 줏어다가 신고 싶어

구멍난 고무신을 때워 신기느라고
할배는 어린 나를 장마당에 세우셨다
그렇게 신은 신발에 내 영혼은 실려 왔다

낙낙해진 고무신 뽀얗게 씻어 내건
윤 오른 툇마루 끝 쌓이던 살가운 볕발
그 살림 엮어내던 법 그 시절 다 어디 갔을까

뜨는 해 지는 해를 밀어 올리고 받아주는
앞뫼나 뒷산 같은 신발이었으면 싶다
그 누구, 세상 건너는 발에 잘 맞는 신이고 싶다

빈 울음

절간의 종소리에 그 울음에 울림이 없다
교회당 종소리에 울림 없는 울음만 있다
저 울어 남을 울리는 울림 있는 울음이 없다

칼

1

날선 칼 칼집에 꽂아 내려놓은 이가 있다
그 칼 도로 뽑아 휘두른 이가 있다
때로는 하고 싶은 걸 그걸 참아 고수高手다

2

칼날이 춤을 춘다
꽃, 일순一瞬 숨죽이고

선혈이 낭자하게 밑동을 적셔와도

꽃빛이 저를 내리친 칼빛
무너뜨리고 있다

3

드는 칼 베기만 할 뿐 그저 거기까지다
뜻도 한참 깊으면 묵언黙言에 싣는 것을
〉

칼집에 꽂혀 있을 때
칼은 칼로
명命이다

역설

때로는 역설이 더 신랄하다 통렬하다
긴장감과 반전이 오지게 꽂히는 맛

어딜까 아름다운 나라는
美國인가 미국은

분노의 해석

분노를 순명으로 바치는 사람은 안다
절망하지 않기 위해 분노하는 사람은 안다
분노가 아름다운 걸 안다
생명인 걸 안다

3부

시여
시여

시인과 시

강 채운 강물같이 흐르는 시 쓰고 싶다
풀잎에 이슬 받듯 아침 닮은 시 받고 싶다
빈 맘에 흥얼거려지는 심심한 시 읊고 싶다

시인과 어매

어매가 내 시를 읽으시며 좋단다
번번이 다른 편을 줄줄줄 읊어댄다
난 그저 시조를 쓴다 울 어매는 외신다

詩作 1

사람을 지으면서 그리움 품게 하고
뭍이나 만들던지 바다 척 붙여놓고
그래야 시를 쓸 거라고 그래 그리 했을 거라

시조 백담時調 百潭

시조가 曲이더니 삼장三章 일담一潭 십리 백담百潭
여울목 꺾고 떨고 소沼마다 감고 돌고
흐름에 신명 올랐구나 물 백담百潭에 시詩 백담百潭

시와 시인

시는 울음이라야 시인은 곡비哭婢라야
바람에 묻은 울음 그걸 다 우는 풍경風磬
왼 아픔 제 가슴에 대어 시절 아픔 울어야

달빛 詩作

겨울도 한밤중에 달을 안아 보시게
찰 대로 차올라서 미명未明까지 떠 있는
지극히 단순한 명암 그 속 열어 보시게

빗소리

왼 하늘 잿빛이제 산은 더 우거졌제
새소리 다 그쳤제 들고 날 것도 없제

머하노
지금 시 써라
저 빗소리 들리제

빗소리 자욱한데 머하로 걱정하노
들리는 대로 받아 적고 비는 대로 썼부라
마른 날 이 소리 그리울 때 꺼내들마 비 오도록

詩作 2

잘 우린 찻물같이 오래 받친 가난같이
저절로 우는 시어詩語 혼으로 떠는 시詩를
징 치듯 너른 폭으로 행行마다 걸고 싶다

촛불

촛불을 밝혀놓고 이슥토록 앉았습니다
서로 품고 놓아주는 그늘과 빛 보았지요
그림자 손으로 내밀어 마주잡고 있었습니다

전등불 환한 뒤로 명明과 암暗 나눴습니다
한 켠을 죄다 물리는 이분법만 따르며
그윽이 바라보는 법 촛불 끄곤 잊었습니다

창 밖에 국화꽃도 밤이슬 받고 있어
심지에 불 올리듯 시름 태운 몇 줄 시詩
그렁한 속을 어쩝니까 마음 한 촉 켜 듭니다

詩作 3

칼을 넣어라, 역설의 날(刃) 시퍼런
거역 못 할 상형문자 깃발로 들고 서라
시 한 줄, 행간 깊숙이 모가지를 디밀어라

지록위마指鹿爲馬*
—시인론

앓을 걸 찾아 헤매 앓아서 시인이다
사슴이 사슴이라 시로 써서 시인이다
그 시를 자꾸 꺼내 들어 그 시 외어 시인이다

* 지록위마(指鹿爲馬) : 2014년 교수단이 뽑은 사자성어. 박근혜 정권의 국정
  농단을 풍자함.

등燈 하나면

밤길도 등 하나면 가야할 길 갈 수 있듯
잠들지 못한 누가 이 밤을 지새우듯
허전한 시심詩心 따라서 흘러가도 괜찮겠다

맛있게

맛있게 먹고 싶다 눈물이 씩 돌도록
미식美食은 맛있지만 눈물 돌진 않는다
한참을 주리고서야 마음까지 맛이 온다

다 비운 가을하늘 더없이 가득하듯
시詩도 그러하고 사람도 그런 것을

외로움
결도 삭아야
사는 맛도 울컥하는 것을

폭포

물길 뚝 분질러서 사정없이 후려쳐
설 수가 없는 물을 직벽直壁으로 세웠구나

시인은
말을
그렇게
쓴다

그,
폭포를
내건다

눈꽃

비록 엄동嚴冬이라도 꽃 피고 싶은 거라
이내 지고 말지라도 잠시나마 꽃이 되어
추위도 어쩌지 못한 뭘 말인가 하고픈 거라

삼키다 되삼키다 속을 다 뒤집어서
어인 한숨 자락을 저리 썰어 날리는가
비좁은 어깻죽지에 된 무게를 얹느니

때묻은 삼백예순날 죄 입은 몸이다가
다 울고 난 얼굴로 새로 나고 싶은가 보다
오로지 흰빛 하나로 절명시를 쓰는 눈

4부

사
랑
법

사랑법

1

사랑이게 하소서 눈물로 시종侍從하는
신내림 무병巫病 앓듯 업業인 걸 어쩝니까
이 사랑 제 허물입니다 죽도록 벌하소서

2

'지독히 밉거덜랑 그만큼 사랑할 것'
수사修辭로만 읽다가 실천 명제로 받습니다

미움이 가서 박히는 곳
내 심장 거기라서요

집, 김중업*이 말하는

어드메 한구석쯤 기둥을 부여잡고
울 수 있는 공간, 그런 게 있어야만
집이래 살 만한 집이래 내 사랑도 그런 한 채

* 김중업(1922~1988) : 우리나라 1세대 건축가 중 한 사람.

봄 설움

복사꽃 연분홍빛 저 혼자 북받치다
오열이 터진 가지 울 너머 번져나서
못 가고 그냥 못 가고 그 울음을 받고 섰다

나무 밑에서

나무 밑에 누우면 다르게 보인단다
뭐가 어찌 다르냐 묻지 않아도 좋다

아는 건 온몸이 울어
가슴 치는 거니까

꽃은 혼자서 피고 진다

꽃 왈칵 피었구나
마음 부신 슬픔이다

너, 뉘게
꽃이었나
나도
꽃이었던가

저 혼자 피었다 진다
소리 없이 저 혼자

울어서나

서리고 서린 것이 풀리자면 어쩌야겠는가
매급시 웃어불먼 쓱 덮어불먼 되겠는가
아니시, 울덜 못한 울음이 목울대를 차 넘어야

희다고 다 흰 게 아니여 바래고 바래야제
억장에 재가 앉아 그 억장 헤작이다
무담시 눈시울 젖어 넘 속꺼정 적셔야제

잘 매단 쇠북 울음 그 여음餘音 붙들거나
잘 디딘 징 울음을 걸음걸음 얹어 싣거나
기차게 울어 울리는 거 그게 푸는 거 아닌가

꽃을 읽다

꽃을 읽습니다 통곡으로 읽힙니다
들킨 맘 있나 싶어 거울 앞에 앉습니다
그 속에 낭자한 울음 되읽으니 꽃입니다

지심도只心島

섬 하나 안고 있거나 마음 그저 섬이거나
어쩌다 그런 사람이 지심도에 대이면
길마다 가슴이 널려 동백 툭툭 질 것 같아

저 망망茫茫 난바다가 이 작은 섬 그냥 두듯
구성지달 밖에 없는 기름진 잎 길러놓고
여민 속 엉엉 붉어라 꽃통곡이 터진다

쑥부쟁이 2

풀벌레 긴긴 밤을 왜 저리 우나 했더니
쓸 만한 보랏빛을 고르고 쓰다듬어
가을이 가는 언덕쯤에 하염없는 쑥부쟁이

뻐꾸기

뻐꾸기 울음 든 산 그늘도 드는 산빛
그 절구絶句 내처 듣다 그만 마음이 빠져
내 안에 둥지 틀었다
저 뻐꾸기 들도록

팽팽히 길어 올린 한 동이 쑥빛 울음
골짜기 긴 골짜기 빽 뻐꾹 뻐꾹 뻐꾹
울음에 울음을 치대
차지게도 구성져

깊은 계곡 쏟아지는 속이 다 부신 물처럼
뻐꾸기는 울 줄 안다 울음 울 줄 안다
녹음에 헹군 울음 한 폭
뙤약볕에 내걸 줄 안다

안개

눈 부빈 새벽 창에 안개 놓아 그린 서경敍景
지난 밤 오래 깨어 총총 짚은 별을 털어
대숲은 배경 거두고 귓속 가만 앉습니다

어디 그 많은 물기 담았다 풀어냅니까
저 풀잎 젖은 흔적 묏등도 깊게 숨어
꽃 지듯 번질 것 같은 울음 첩첩 거두고요

흙으로 누운 세월 허물어진 담을 돌며
자죽자죽 밟아 와서 너비만 더한 길섶
실뿌리 한사코 뻗어 이슬밭을 짓습니까

노을

붉어져 돌아가는 너의 이름 앞으로
할 말을 아낀 엽서 구름 편에 부쳤다
한사코 삼키다 번진 울음 흔적 그마저

단풍 든다는 거

고이 물든다는 거 진하게 속 버리는 거
소리 없이 하염없이 내려놓는다는 거
환하게 철이 드는 거 가뭇없이 눈부신 거

별바라기

별에는 안 갈라네 바라기만 할 거네
나, 여기 글썽이며 저 별이 보게 하려네
멀수록 아득히 떨리는 빛으로나 있으려네

철새와 눈물
— 주갑이 독백

소리를 꺾어가며 사내가 체읍涕泣한다

"사람이 저저이 가야 헐 길을 간단가?
철새가 날개 하나로 제 길을 간께로
저 하늘 저 철새들 보면 눈물 절로 흐르덜 않겄소."*

울음도 놓는 자리가 있다
주갑이 우는 대목

* 소설 『토지』에서 주갑이가 자기 우는 사연을 읊는 대목.

연鳶

누가 시키던갑다 저 좋아 만든 연을
뼈 바른 대살 받쳐 가슴 뜨낸 초짓장 발라
뜻대로 바람에 다 주고
눈 붉어져 오라던갑다

볼 부어 얼리면서 놓고 당긴 한 줄 그리움
막막히 흔들리는 하늘을 손끝에 잡고
저무는 숲정이 돌아
마음 절던 그 외길

풍경도 썰물진 여백 어스름 차올라서
긴 타래 감아들면 살아오는 팽팽함
영혼에 아스라한 점
포물선을 잇고 있다

관수*의 말

"어 가자 간장 녹을 일이 어디 한두 가지가."
"산 보듯 강 보듯 가자." 석이*더러 한 그 말
관수가 지 맘 우느라 지 속 지가 밟는 소리

* 관수, 석이 : 소설 『토지』에 나오는 두 인물. 일제 식민지배하에서 꿋꿋하
  게 힘든 길, 바른 길을 가던 인물들 중의 두 사람.

낮달

길 가다 문득 서서 하늘을 본다
늘상 마음만 건드리던 눈물이
오늘은 낮달이 되어 눈에 가득 고인다

비 오는 날 벚꽃

피다 젖다 지는 벚꽃 낙화로 한 번 더 핀다
비 실리고 낙화 뜨고 산자락 물빛 돌고

부푼 강
붓을 헹구는
이 봄날에
나도 묽어

아픔

아름다움이 있습니다 아픔이 있습니다
아름다움이 지은 그늘이 아픔입니다
아프게 살다 가라네요 그리 곱게 살라네요

5부

가
고
또
가
고

감자 캐기

아내와 감자를 캤다 굵은 알 자잘한 알
미소 절로 벙그는 탐스런 노동이다
사는 맛 이런 거 아닐까 번져오는 뭐가 있는

돈이 주는 웃음이 감자 캐는 웃음과 달라
아이와 어른만큼 짓는 웃음이 달라
몇 이랑 감자 거두며 넘치도록 웃는다

사람 생각

남을 높이 올리는 사람이 있습니다
남을 짓밟고 서는 사람이 있습니다
콩 타작 쭉정이 가리며 따로 거둔 사람 생각

소목장 조병수*

겉보다도 속을 더 그리워하며 산 사람
숙업宿業도 소목 일도 도道로 받아 산 사람
곱새등 굽은 몸으로 우뚝하게 산 사람

* 소목장 조병수 : 소설 『토지』에 나오는 몹쓸 인간 조준구의 아들. 불구이나
  맑은 정신을 가꾸어 소슬하게 살아감.

어떨까

생각도 사는 것도 소박하면 어떨까
삶이 고요하도록 안팎으로 수수하게
그러다 그런 나날이 고마우면 어떨까

나비가 청산 가듯

꽃에 들어 잤거나 잎에서 새웠거나
다 함께 가고 가자 저물도록 같이 가자
나비가 청산을 가듯 청산 가는 나비이듯

노랑나비 흰나비 춤추며 청산 가자
범나비 호랑나비 너희도 동무해 가자
청산에 가거들랑은 그 어깨도 춤추게 하자

울음도 틔워놓고 웃음도 열어놓고
꽃 지듯 잎 지듯이 가신 넋도 불러놓고
통일굿 큰 한마당 열자 업고 업힌 청산이듯

겨울 순례

가없이 너른 하늘 새 한 떼 날아간 길
그게 순례란 걸 새들은 알았을까
지나간 흔적 없는 길 천길만길 저 허공

바보살이

겉이 속은 아니다 걸 다르고 속 다르다
바보는 그게 같다 그래서 바보란다
알면서 바보로 사는 것 참 우아한 일이다

바보는 늘 웃는다 울음 울 줄 모른다
울어야 할 장면에 바보는 꼭 웃는다
웃어서 울음 메우는 것 눈물 도는 일이다

사람이 다 이쁘면 그게 극락 아니겠나
사람이 다 좋으면 그게 천당 아니겠나
한세상 죄 모르고 사는 것 바보만 하는 일이다

바보를 비웃는다 똑똑하단 사람들은
바보는 그냥 웃는다 비웃지를 않는다
내 안에 바보가 있는가 울음 웃는 바보가

엄청난 소망

수의壽衣에 그게 없다 그게 주머니다
수의는 무색無色이다 뺄 것 다 뺀 옷이다
그 옷을 입고 갈 적에 잘 어울리고 싶다

외로움

아이가 공을 찬다 찬 공을 따라가 찬다
너무 세게 찼다가 너무 멀리 따라갔다
혼자서 공을 차고 논다 세게 차지 않는다

그리움 공 닮아서 공 자꾸 차는 걸까
새까만 그림자가 텅 빈 맘 빛깔 같다
하늘에 둥근 해 하나 운동장에 아이 하나

딸에게

오로지 사랑하렴 재거나 아끼지 말고
아기처럼 벙글어 가림 없이 사랑하렴
너조차 네가 한 사랑에 가뭇없이 홀리도록

사랑은 고된 것이, 절절해 숨찬 것이
바쳐서 얻는 것이, 아릴수록 벅찬 것이
사랑법 두어 줄 보낸다 네 어딘가 두어 두라고

마음 숙제

군살을 조금 뺐다 여간 일이 아니다
마음에 덜어낼 게 몸에 댈 바 아니다
자다가 소스라친다 지은 업이 살(肉) 같아

배추벌레

밤사이 배춧잎에 어지러운 배추벌레 똥
많이도 갉아 먹고 먹은 만큼 쌌구나

한세상 배춧잎이었네
나, 거기 벌레였네

하심下心

마음도 누이거라 몸을 그러하듯이
해도 하루 한 번은 저를 슬쩍 누인다
하심下心이 화두話頭로 서거든 매우 쳐서 눕혀라

해와 달 자리를 두고 다투지 않는 보법步法
다가서고 멀어지고 내주고 차지하고
내가 곧 너라는 것도 속아주면 참이다

거닐고 싶은

'거닐다'는 말을 수석壽石처럼 줏어 든 날
진종일 그걸 들고 내려놓지 못했다
한가히 걸어본 지가 너무 오래 되었나 보다

기억도 가물거리는 그런 사람 있었네
내 안에 남았을 줄 참말 몰랐는데

있었네,
거닐고 싶은
그 사람이 있었네

애쓴 만큼 우리 잘 살게 된 걸까
떠내려 보낸 세월 떠내려가 놓친 것들
내일은 거닐게 될까
거닐게 될까 내일은

나무 문답

나무는 하루 종일 무얼 하고 지낼까
우리들 사는 거랑 닮은 데가 있을까
사람을 측은하다고 여기지는 않을까

낙타

삶은 건너야 할 사막 나 거기 낙타일진대
등에 싣고자 한 것 너무 많았던 게지

지닌 것 아무 것 없는 달
하늘 먼 길
잘 간다

대청봉

장한 것 빼어난 것 발아래 다 맡겼다
제 곁에 둔 거라곤 키 작은 나무 돌덩이 몇
정상은 다만 이런 것 애오라지 그런 것

도량석

해와 달 어김없듯 끝과 끝 대어 돌 듯
하늘이 도는 대로 도량道場을 따라 돕니다
한 마음 꼭두새벽마다 무명無明 경계 틔웁니다

둥글게 소박하기가 너무 어렵습니다
목탁소리 목탁소리 그 소리 퍼내면서
모서리 다 풀어지라고 마음 낮춰 절합니다

하늘이 하늘이라서

하늘 하고 부르면 하늘이 바로 옵니다
우러르면 하늘은 늘 거기 있습니다

하늘이
하늘이라서
나 참 편히 낮습니다

당신 앞에 서면

바다를 의인擬人했다
당신이라 썼다

오직 그뿐이라야 될
나를 은유할 말

철썩임 무한 철썩임
그대 앞의 철썩임

십이선녀탕

물소리 잦고 잦아 날실로 걸어두고
흰 물살 감은 북을 씨줄로 넣고 받아
선녀탕 열두 폭포마다 짜서 내린 물무명

물소리 물레 돈다 흰 물살 물레 돈다
기다림 감고 펴듯 숨다 뵈다 저 물구비
시름은 이렇게 짜는구나 이리 짜니 곱구나

괜찮더라

괜찮더라 그래도 산 날들 괜찮더라
어쩌지 못한 것도 이제는 괜찮아지고
툭툭툭 떨구고 가는 길 그래그래 다 꽃이었거니

낙조

서해바다 낙조에는 절이 한 채 앉아 있다
산문山門 밖 물결 첩첩 쟁여지는 범종소리

하루를 장엄하는 놀

목이 타는

일타—打

할喝!

개망초

은하수 흘러가듯 펼쳐진 저기 들판
잔잔히 모여 들어 하얗게 굽이친다
개망초 그 이름이라도 서로 비춰 별이다

이 땅 어디서건 저 작고 무리져 피는
사람아 낮춘 사람아 한갓진 사람들아
개망초 지천으로 널려 그 눈물로 부시다

억새꽃

비움도 꽃이 된다고 억새꽃 저리 핀다
색도 모양도 갖춘 거 아무 것 없이
서 있는 저냥 저대로 눈부시게 꽃이다

민들레

삼동三冬을 다 물리는 민들레꽃 등燈 같아서
겨우내 얼고 녹은 가슴도 흙 같아서
그 터에 내등內燈 둘리듯 촉촉 피는 만지금滿地金*

언 땅에 엎드려도 빛 품어 기다리다
작디작은 손으로 그걸 뭉쳐 올렸구나
마음밭 환해지는 법 민들레꽃 한 소식

* 만지금(滿地金) : 민들레꽃의 한자 표기.

윤보목수*

잘 부는 바람같이 한세상 왔다 갔다
어디고 무엇에고 걸림 없이 불다 갔다
사람이 사람이도록 그걸 지켜 살다 갔다

한 줄기 좋은 바람 그 바람 그치는 말

"나는 죽는 기이 아닙니다. 가는 기라요. 육신에 속
아서 사람은 죽는다꼬 생각하는 기라요. 육신을 헌옷
같이 벗어부리믄 그만인데, 내사마, 훨훨 날아서 가는
기라요. 거기 가믄 양반도 상놈도 없고 부재도 빈자도
없고 왜놈도 조선놈도 없고… 그랬이믄 얼매나 좋겄
소? 그라믄 나는 콧노래나 부르믄서 집이나 지을라누
마요."*

윤보가 지을라누마던 집, 그 집에 살고 싶다

* 소설 『토지』에 등장하는 목수. 동학혁명에 참여하고 표표히 살다가 의병에
  나서 최후를 맞음.
* 의병 활동 중 총상을 입은 윤보가 죽음을 앞두고 남긴 말.

산, 산다는 일

산 한번 그려봐라
작심하고 그려봐라

근원경 사계절 산
만학천봉萬壑千峰 다 그려봐라

사는 일 그게 산이지
크든 작든 산이지

어디 산이란 게 높이로만 그려지대
그 어느 산이 또 크기로만 그려지대
봉우리 저 홀로 솟아 산이 그려지던가

기쁨은 잠시 쉬어가는 고개*라더라
그 구절 닳도록 외며 산 오르듯 사는 거지
눈물을 물감 찍어 그리듯 자죽자죽 걷는 거지

* '기쁨은 잠시 쉬어가는 고개' : 소설 『토지』에서 구천이(김환)가 한 말.

말과 글의 매혹에 끝내
사로잡힌 자로 사시게

시조 백담 발간에 부쳐

김영옥

어느 일간지에 자네 시가 게재된 걸 보고 "호작질도 10년쯤 하니 도가 되네"라며 쥐어박듯이 말 건넨 때로부터도 다시 10년은 더 된 것 같네. 말과 글, 그쪽 세계의 견결(堅潔)함을 알기에 쉽게 건너다보고 싶지 않아 그저 저자의 속악(俗惡)에서 남루(襤褸)를 걸치고 그 세상과는 무관한 듯이 살고 싶구만 이리 들이미니 피할 도리가 없네.

무엄하게도 '도(道)'라는 말을 했거니와 살아보니 삶과 그 주변의 살이가 도 아닌 게 없는 듯싶으이. 하다못해 풀을 매다가 눈에 잘 보이지도 않는, 좁쌀 알갱이보다 더 작은 꽃을 보면 기가 차는 기라! 하찮아서 뽑아버리려고 호미질을 하면 그 보잘 것 없어 보이는 것의 뿌리가 얼마나 깊이 박혀 있는지……. 그토록 질긴 생명의 근원이 어찌 도가 아닐까!

인간이 귀하게 여기든 천하게 대하든 상관없이 뭇 생명들은 생(生)과 멸(滅)을 집요하고 골똘하게 거듭하고 있으니……. 땅에 엎드려 풀을 뽑다가 경탄도 하며 가끔 겸손도 해지며, 내가 저것들보다 더 나을 것도 그렇다고 더 못할 것도 없는, 그냥 지나 내나 살아보겠다고 악착같이 살아낼 거라고 온 힘을 다해 생명의 불꽃을 태우고 있는 거 아닌가 하는 셈찬 생각을 하게 되네.

이제 자네가 이룬 글밭의, 알알이 투명하고 영글어, 쭉정이라 밀쳐놓기에는 어느 것 하나 아깝지 않은 것이 없는 알곡의 성찬! 하지만 시업(詩業)이 쉽지 않음은 버리기 아까운 많은 말들을 버리고 또 버리고 고치고 또 고치고 갈고 갈아서 마침내 날 벼린 칼이되, 그 무엇도 베지는 않는, 오히려 읽는 이의 마음에 뜨거운 깊은 자상(刺傷)을 내고 마는, 날카롭지만 다사로운 시심(詩心)의 호명(呼名)이 아닐는지.

오랜 세월 동안 풍문처럼, 저 안개 낀 강 건너의 흐릿한 원경처럼 자네가 하염없이 글밭을 가꾸며 살고 있다는 것을 알고는 있었으나, 막상 이 옹골찬 결실을 마주하고 보니 그 성취에 환호하는 마음 한 켠에 살이의 고단함의 비명 대신, 혼자만의 '글감옥'에서 뼈저리게 외롭고 서러운 목숨 부둥켜안고 의연히 살아내고자 하는 안간힘이 있었구나…. 어깨를 다독이고 싶은 마음이 드는 것은 어쩔 수 없는 육친의 정일런가.

장하네. 짧지 않은 세월 한결같이 정진하여 이루어낸 이 성취가 어찌 값지지 않고 자랑스럽지 않겠는가. 하지만 그 못지않게 훌륭함은 삶을 등진 글만의 공허를 취하지 않고 시업과 생업을 이날까지 병행하여 양쪽의 성취를 일구어낸 것일세. 내 둥지 안의 생명이나 삶에 무심하고 무책임하면서 이루어낸 시의 성취가 아무리 빛난다 한들 그것이 무에 그리 아름답고 장하겠는가. 그 점에서 참으로 돋보이는 성취이고 자랑스러움일세. 진정 고마우이.

아무튼 시의 도이든 삶의 도이든 그것이 길이기는 길이어서 시를 써서도 시가 되지만 삶도 시처럼 살면 시가 되고 도가 되지 않겠는가. 결 다르게 한 도사하시는 가장 열렬한 독자 우리 오마님과 더불어 가솔들과 피붙이들 모두 글로 쓰지 않았달 뿐 열심으로 한 시를 짓고 한 길을 만들고 있는지도 모르니 홀로 고적하다고만은 생각지 마시게나.

우리의 저무는 생애에 소리소문 없이 이루어진 자네의 장한 성취는 뜻밖의 선물처럼 우리를 잔잔히 위로하고 풍요롭게 또 촉촉이 적셔줄 것 같네. 이제 남은 세월, 자네의 글밭에 자그마한 옹달샘 하나 만들어 나날이 청량한 샘물 길어 올리며 옥토에 뭇 생령 깃들어 은성(殷盛)하듯 자네의 시심과 시업이 죽는 날까지 끊이지 않고 왕성하기를! 또한 말과 글의 매혹에 끝내 사로잡힌 자로 살아가시기를!

구룡포 길갓집에서 시 빚듯 만두를 빚는
누이가 씀

꽃통곡, 엉엉 붉어라

1판 1쇄 인쇄	2020년 2월 10일
1판 1쇄 발행	2020년 2월 20일
지은이	김동호
발행인	윤미소
발행처	(주)달아실출판사
책임편집	박제영
디자인	안수연
마케팅	배상휘
법률자문	김용진
주소	강원도 춘천시 춘천로 17번길 37, 1층
전화	033-241-7661
팩스	033-241-7662
이메일	dalasilmoongo@naver.com
출판등록	2016년 12월 30일 제494호

ⓒ 김동호, 2020
ISBN 979-11-88710-60-7 03810